한국 희곡 명작선 22

마냥 씩씩한 로맨스

한국 희곡 명작선 22

사랑이 보일 때까지 옥상 위에서 널 기다릴게

마냥 씩씩한 로맨스

Fully Energetical Romance

최원종

평민사

죄원종

마냥 씩씩한 로맨스

사랑이 보일 때까지 옥상 위에서 널 기다릴게

등장인물

차성우 (남34살)
박인영 (여34살)

무대

대림상공 7층 건물 옥상과 바로 옆 건물인 강호동철인4종경기
추진회 7층 건물의 옥상 / 병원 옥상

때

12월 21일에서 다음 해 1월 1일 아침

프롤로그

12월 21일의 정오
겨울바람 소리

7층 대림상공 건물의 옥상과 강호동철인4종경기추진회 간판이 붙어있는 7층 건물의 옥상.
두 건물은 다 오래 전에 지어졌는지 외관상 낡고 음침하다.
옥상 위로 낡은 물탱크가 있고 물탱크로 올라가는 철제 사다리가 있다.
평수로도 40평 안팎의 건물. 건물은 그저 비좁고 똑바르게 높기만 하다.
황폐하고 삭막해 보이는 건물 외벽을 따라 간판들이 붙어있는데 그 간판들이 이 두 건물들의 몰락과 볼품없이 됨을 잘 보여준다.
대림상공 간판 옆에는 【으뜸 스폰지 밥 캐릭터 장난감 사무실】 간판.
두 건물 사이에는 3m의 거리가 있는데 7층이라는 높은 건물에 비해 간격이 좁은 편이다.
[대림상공] 간판이 걸려있는 건물의 옥상에 하얀 썬텐 의자가 놓여있다.
썬텐 의자 옆엔 한 쌍인 듯한 작고 하얀 테이블이 있고, 그

테이블 위에는 구식 턴테이블이 있다.

출근시간.
정장차림의 남자 하나가 배낭을 메고 들어온다.
남자는 썬텐 의자에 앉아 구식 턴테이블을 열어 음악을 튼다.
배낭에서 묵직한 쓰레기봉투를 꺼내는 남자.
꽁꽁 묶여진 매듭을 정성스럽게 풀고 쓰레기봉투를 개봉하는
그, 그는 **성우(34살)**다.

쓰레기봉투에서 나오는 물건들.
찢어진 남자교복. 칼로 쫙쫙 찢어놓았는지 성한 데가 없다.
학생증이 나온다. "성남공업고등학교 3학년. 김광현"
크리스마스트리에 거는 부서진 장식품들.
일본 고양이 장난감, 마네키네코(왼손을 들고 있다). 자신의
테이블에 올려놓는다.
다시 쓰레기봉투를 뒤져보는… 찢어진 교과서.
교과서 안을 쫘르륵 펼쳐보면 큼직한 하트가 박혀있는 연애
카드.
성우가 연애카드를 펼쳐보면, 카드 안에서 〈사라△해-O을
세모로 쓴〉 라는 큼직한 글자가 쑤욱 튀어나온다.
연애카드 내용을 읽으며 킥킥거리는 성우.

성우   뭐야, 이 자식. 501호 다영이를 좋아하고 있었잖아.

【강호동철인4종경기 추진회】 건물 옥상 문이 열리는 소음들.

소리에 민감하게 반응하는 성우.
서둘러 쓰레기들을 쓰레기봉투에 담는다.

건너편 옥상 안으로 인영이 들어선다.
깜짝 놀라는 성우. 아침 청소를 하는 것처럼 여유를 부려가며
쓰레기를 담는 성우.

성우   (혼잣말) 아침부터 어떤 자식이 여기까지 올라와서 쓰레기를 버리는 거야.

성우는 쓰레기봉투의 매듭을 정성스럽게 꼭꼭 묶는다.
한쪽 구석에 쓰레기봉투를 놓아두고, 웃으며 인영을 바라보는
성우.

성우   좋은 아침. 웬일이야, 이렇게 일찍 여길 다 올라오고.

여자는 성우에겐 전혀 관심을 두고 있지 않은 듯 옥상 난간
에 기대어 멍하니 도시 풍경을 바라보고 있다.

안경을 낀 **인영(34살)**.
한 손에 24시간 편의점 Family Mart 봉투가 들려있다.
봉투에서 새우깡을 꺼내 하나 둘 먹기 시작하는 인영.

하나 먹고, 하나 바닥에 떨어뜨려 발로 밟고
하나 먹고, 하나 바닥에 떨어뜨려 발로 밟고.
그런 동작을 반복하는.

옥상 난간 아래로 몸의 상체를 쑤욱 떨어트린다.
그걸 보고 있는 성우가 도리어 아찔함을 느낀다.

다시 쓰윽 상체를 일으켜서 캔 맥주를 따는 인영.

성우   또 사장이 갈구냐.

말없이 맥주를 마시는 인영.
빈 맥주 캔에 네임펜으로 뭐라고 글을 쓰는 인영.
(더 이상 상처받고 싶지 않다. 2009.12.21)

옥상 구석에 쌓여있는 높다란 맥주 캔 탑.
그 중에 한 개를 신중히 골라 바닥에 놓고 발로 밟아 신발이
끼게 만든다.
두 발에 맥주 캔을 끼우고, 옥상을 깡깡 걸어 다니는 인영.

인영이 성우를 본다.

인영   좋은 아침, 은 개뿔!

성우는 쓰레기를 줍는 척한다. 손목시계를 보는 성우.

성우 아, 시간이 이렇게 됐나. 나 먼저 간다.

출입문으로 나가는 성우.
그러나 잠시 후, 다시 들어와 난간 뒤에 몸을 숨기고 본다.

인영은 다시 난간에 기댄다.
자신의 오른손과 얘기를 하는 인영.

인영 괜찮은 거니? 너 괜찮은 거야? 말 좀 해봐. 너 요즘 통
말도 안 하고. 너 잠도 못 자지? 왜 이리 퉁퉁 부었어?
뭐? (오른손에 바짝 귀를 갖다 대고) 정말? 그러고 싶어?
정말 그렇게까지 해야 돼?

편의점 봉투에서 사무용 칼을 꺼내, 드르륵 칼날을 뽑는다.
옷을 걷어 올리면 팔 전체에 파스가 붙어있다.
오른팔 손목에 칼을 가져다 대는 인영.
찌르지 못하는… 망설이는… 그러다 조금 찔러보는.

인영 앗. (아파하는. 오른손에게) 오늘은 참자.

주머니를 뒤지면 안약통 하나.
안약을 눈에 넣고는 손목에도 뚝뚝 떨어트리는.

그러다 안약을 옥상 난간 밖으로 뚝뚝, 쪼르륵 따라버린다.

인영이 옥상을 나간다.
숨어있던 성우가 고개를 들고, 그녀가 나간 곳을 바라본다.

하루해가 저문다…
어둠 속에서
【대림상공】 간판과 【강호동철인4종경기추진회】의 간판에 불이 밝게 들어온다.
【으뜸 스폰지 밥 캐릭터 장난감 사무실】 간판의 불빛도 깜빡깜빡이다 겨우 불이 켜진다.

12월 22일. 정오.

옥상.
대림상공 회사 유니폼을 입고 있는 성우가
두 팔을 하늘 높이 뻗은 채 두 손을 맞잡고, 오른쪽 발의 발바닥 쪽을 왼쪽 허벅지에 붙인 채 중심을 유지하며 똑바로 서 있다.
그는 중심을 유지하는 것이 꽤 힘들어 보인다.

성우　　… 셋. 넷. 다섯. 일곱… 열셋. 열넷…

성우는 열넷까지 숫자를 세고는 무게 중심을 잃은 채 한쪽으로 기울어진다.

자세를 풀고 '열넷'에 무너진 자신이 한심스러운 듯 한숨을 내쉬는 성우.

성우는 이번엔 두 눈을 감고 오른쪽 다리를 든 채 두 팔로 큰 원을 그리며 하나 둘 셋 횟수를 센다.

여섯까지 횟수를 세고는 중심을 잃고 기우뚱.

감았던 눈을 뜨고 두발로 몸의 중심을 잡는다.

성우는 **신체연령 테스트**를 그만두고, 썬텐 의자 한 쪽 끝에 걸터앉아 재즈 음악을 들으며 맥도날드 햄버거를 먹기 시작한다.

햄버거 소스가 유니폼에 떨어지지 않게 정성껏 쪽쪽 빨아서 먹는 성우.

그러나 기어이 유니폼에 흘리고 만다.

냅킨으로 소스를 닦는… 그러다 불쑥 일어나 냅킨을 잘게 찢어 공중에 던진다.

바람이 불어 냅킨 조각들이 옥상난간 쪽으로 날아가고, 날아가는 냅킨 조각들을 낚아채려 애쓰는 성우.

하나도 잡지 못하는 성우.

다시 묵묵히 햄버거만 쪽쪽 빠는…

【강호동철인4종경기추진회】옥상 위로 인영이 들어온다.

뭔가 화가 난 표정으로 성우를 보는.
순간, 목에 양배추가 걸렸는지 기침을 하는 성우.

인영이 들고 있는 쟁반 위엔 커피가 10잔 정도 올려져있다.
난간 쪽으로 걸어가 구석 1.5리터 빈 음료수 병의 뚜껑을 따
서 그 안에 커피를 한 잔씩 한 잔씩 따라 붓는다.

다 따라 붓자 있는 힘을 다해 뚜껑을 꽉~꽉~ 닫는 인영.
다른 누군가가 결코 열 수 없게 만들려는 듯. 힘껏~ 힘껏~
그 모습을 보는 성우.

커피가 담긴 1.5리터 음료수 병을 마구 흔들어보는 인영.
흔든다, 도시를 바라보는.
하늘을 보다가 털썩 자신의 상체를 난간 아래로 떨어뜨리는
인영.

깜짝 놀라는 성우.

성우　　어!

불끈! 원래대로 상체를 일으키는 인영.

성우　　(안심) 하아!

인영, 간판을 쳐다본다.

주변을 둘러보며 뭔가를 찾는…

길이가 그리 길지 않은 막대를 찾아내 【강호동철인4종경기추진회】 간판을 마구 두들긴다.

막대는 【…추진회】의 【…진회】까지만 겨우 닿는.

난간 위로 올라서서 【강호동…】 【…동…】 자를 두들긴다.

인영이 난간에서 내려와 옥상 구석구석을 살펴본다.

그러다 성우가 있는 옥상 뒤쪽 어딘가를 본다.

성우는 인영의 시선을 따라 자신의 뒤쪽을 본다.

페인트 롤이 달린 긴 장대.

그걸 달라고 손짓을 하는 인영.

성우는 페인트 롤을 들고 와 그녀에게 건네주려고 하지만 난간 근처까지 다가가지 못해(고소공포증), 막대는 그녀의 손에 닿지 않는다.

한 발자국씩 한 발자국씩 용기를 내어 다가가는 성우.

페인트 롤이 드디어 인영의 손에 닿는다.

긴 장대가 달린 페인트 롤을 들고 간판을 때리는 인영.

그런데 페인트 롤에 페인트가 남아있었는지 간판에 페인트가 묻는다.

간판을 칠하기 시작하는 인영.
페인트가 떨어지자 롤이 달린 쪽을 성우 쪽으로 내민다.

성우는 페인트 통을 들고 와서 롤에 페인트를 묻혀준다.
인영, 다시 간판에 페인트 칠.
다시 롤에 페인트를 묻혀주는 성우.
다시 간판에 페인트 칠하는 인영.
성우는 다른 색깔의 페인트 통을 들고 온다.
간판은 여러 색깔이 섞여 멋들어지게 칠해진다.
그런 과정 중에…
성우의 유니폼에 페인트가 묻는다.
인영의 유니폼에도 페인트가 묻는다.

둘은 그렇게 간판 하나를 완전히 칠해버렸다.
함께 간판을 올려다보는…

성우가 문득 생각났는지 여분의 햄버거를 인영에게 들어 보인다.
인영은 성우 쪽을 보지 않는다.
인영이 성우 쪽으로 고개를 돌리기를 기다리며 햄버거를 들고 있는 성우.
간판만 보는 인영.

성우　　… 햄버거.

인영   (자기 생각에 빠져있는)

성우   햄버거 줄까.

인영   (자기 생각에 빠져있는)

성우   햄벅…

인영이 옥상을 나가버린다.

성우   아, 진짜 성격 이상하네. (유니폼을 내려다보는) 야, 세탁비는 주고 가.

그렇게 그들의 점심시간이 간다.

1

두 건물의 옥상

12월 23일 정오

옥상 위에 비둘기들과 함께 새우깡을 먹고 있는 인영.

인영이 과자 부스러기를 옥상에 확 뿌린다.

처음에 얼마 되지 않던 비둘기들이 점점 불어나더니 곧 인영을 완전히 포위하고 만다. 잔뜩 겁을 집어 먹고 뒤로 주춤주춤 물러서는 인영.

가지고 있던 새우깡을 가능한 멀리 던지려고 하는 인영. 그런 인영의 행동이 비둘기들을 더욱 끌어 모으는 원인이 되고 있는 듯하다.

인영은 비둘기 떼에 밀려 결국 건물 옥상 난간을 밟고 위로 올라선다.

위태롭게 서 있는 인영.

대림상공 옥상 문을 열고 들어오는 성우.

손에 작은 **A TWOSOME PLACE** 케이크를 들고 있다.

난간 위에 서 있는 인영을 보고 깜짝 놀라는 성우.

그러나 대수롭지 않은 일이라는 듯 썬텐 의자에 앉아 케이크를 먹기 시작한다.

인영	야. 야.
성우	(무시하는. 귀에 이어폰)
인영	야, 차성우!
성우	(바라보는)
인영	이것 좀 쫓아봐.
성우	(무시하는)

집단 비둘기 소리들. 구구구구

인영	저리가. 저리가. (성우에게) 어떻게 좀 해봐.
성우	나?… 나 비둘기 무서워하는데.
인영	(새우깡 봉지를 성우가 있는 옥상으로 집어 던지는)
성우	(놀라는) 왜 이걸 여기에 던져.
인영	뿌려. 뿌려. 그쪽에.
성우	나, 비둘기 진짜 무서워한다니까.

어쩔 줄 몰라 하는… 그러다 성우는 자신이 있는 옥상에 새우깡 부스러기를 확~ 뿌린다.
비둘기들이 성우가 있는 옥상으로 화다닥 날아온다.

집단 비둘기들의 날갯짓 소리들

비둘기들이 무서운지 성우도 옥상 난간 쪽으로 밀려난다.

성우   아. 아. 어떻게 좀 해봐. 야, 박인영, 어떻게 좀 해봐봐. 저리 가. 저리 가.

인영   비둘기 천적이 까마귀래.

성우   뭐.

인영   (장난스럽게) 까마귀.

성우   (난간 쪽을 바라보곤, 이내 결심한 듯 작게 그러다 크게) 까아악~까아악~까아아악~까아악~

까마귀 소리를 내며 비둘기들을 쫓는 성우.
비둘기 떼가 하늘로 비상한다.
비상하는 비둘기 떼가 멋있는지 하늘을 바라보는 두 남녀.
멀리 사라질 때까지 시선을 떼지 않고 보는 두 남녀.
맑은 햇살이 두 남녀의 얼굴 위로 내리쬔다.

성우   비둘기 날아갔다. 어 저놈 봐라, 두 놈이 이쪽으로 다시 오네. 까아아아~까아아악~ (목이 아픈지 구역질하는)

어색해진 두 사람.

성우   새우깡, 이거 안 먹을 건데 다시 던져 줄까?

인영   너 먹어.

성우는 턴테이블 레코드에 바늘을 올려놓는다.
성우는 다시 케이크를 먹기 시작하고.

인영은 편의점 봉투에서 새 새우깡을 꺼내 씹기 시작한다.

성우　새우깡에서 쥐머리 나왔는데. 뉴스에 크게 났잖아. 몰라? 뉴스도 안 봐?

인영　(무시)

케이크를 다시 먹는 성우.

잠시 후 인영은 새우깡 봉지에, 입안 잔뜩 물고 있던 새우깡을 토한다.
새우깡을 옥상 난간 밖으로 둘 셋씩 집어 던지는 인영. 그리고 떨어지는 걸 내려다보는…
인영이 너무 진지하게 내려다보고 있자 옥상 난간으로 걸어가 내려다보는 성우.
하지만 성우는 약간의 고소공포증이 있는지 몸을 완전히 기울여 내려다보지는 못한다.

성우　뭐 해.

인영　…

성우　뭐 보냐구.

인영　…

성우　어이, 뭘 그렇게 뚫어지게 봐.

인영　새우깡.

성우　새우깡? 왜?

인영	하늘을 날까, 해서. 저 태양까지.
성우	뭐가?
인영	새우깡이.
성우	넌 참 이상하다.
인영	또 알아, 새우깡에서 갑자기 날개가 튀어나올지. 알에서 깨어나는 독수리처럼.
성우	도대체 너하고 말을 하면 나까지 이상해져.

다시 자리로 돌아와 케이크를 먹는 성우.

인영	야.
성우	(못 들은 듯)
인영	야.
성우	(못들은 듯, 그러다) 자꾸, 야, 야, 할래? 내 이름 야, 아니거든.
인영	팔씨름 잘해?
성우	왜.
인영	잘해, 못 해?
성우	못 해.
인영	니가 그렇지.
성우	뭐가 그렇지야?! 그 말 이상하게 기분 나쁘게 들리네.
인영	니가 잘하는 게 뭐가 있겠니.
성우	아이씨. 고등학교 때까진 잘했어, 왜 이래. 2학년 3반 팔씨름 왕.

인영　핫! (비웃고) 됐고. 케이크나 먹어.

성우　되긴 뭘 돼. 팔씨름 왕이라니까, 나.

인영　그럼 팔씨름 이기는 법 알아?

성우　전공법, 비전공법, 두 종류가 있어. 어떤 거.

인영　… 비전공법.

성우　팔씨름은 상대방의 손등이 책상 면에 먼저 닿게 하면 이기는 거야. 이런 상식적인 규칙은 숙지하고 있겠지? 근데 문제는 상대방이 나보다 힘이 더 셀 때가 문제야. 그때 어떻게 하면 이길 수 있느냐. 여기에 포인트가 있는데, 너도 이게 궁금하겠지.

인영　본론만 얘기해. 그러니까 니가 공부를 못한 거야. 괜히 삼수를 했겠니.

성우　그 얘기가 여기서 왜 나와. 그게 이거하고 무슨 상관있다고.

인영　듣기 싫고. 본론.

성우　그래 니가 좋아하는 본론. 딱, 손을 잡고 (동작을 해보이며) 내 팔이 이렇게 기울어지고 있잖아, 힘 때문에, 그럼 내 몸도 같이 기울어지잖아, 이쪽으로, 그럴 때 책상 밑에 감추고 있던 왼쪽 손힘으로 책상을 들어 올려서 그 상대방 손등에 순간적으로 딱, 갖다 붙이는 거지. (탁자를 가져와서 시범을 보여주는) 이렇게. 어때?

인영　(어이없다는 듯 보는)

성우　좀 고난이도의 기술이지? 넌 좀 하기 힘들겠다.

인영　너 장난해.

성우　내가 장난하는 걸로 보이니.

인영　나 진지하거든.

성우　나도 진지했거든.

인영　관두자. 됐다.

썰렁해진 두 사람 사이.

인영　(갑자기 기분이 더욱 안 좋아졌는지) 어쩌다가 만나기도 싫은 너랑 여기에서 다시 만났을까. 아, 내 인생도 짜증난다.

성우　(확 기분이 상했는지) 나도 내 인생 그렇거든.

성우는 케이크를 다시 먹기 시작한다.

인영　그만 좀 처먹어.

성우　아깐 먹으라며.

인영　누가 널 서른네 살로 보겠니. 마흔네 살은 돼 보인다.

성우　오늘이 내 생일이거든요.

인영　아, 생일이세요?

성우　생일인데요. 내가 생일이라서 뭐 기분 안 좋은 거 있으세요?

인영　공공장소에서 궁상 좀 떨지 마세요.

성우　뭐, 궁상?!

인영　넌 어째 변치도 않니, 그 궁상은.

성우   그 말… 14년 만에 처음 듣는다. 널 만난 건 악몽이야. 군대 다시 가는 꿈보다 더 싫어.

인영   듣기 싫고. 입 좀 다물어라.

성우   뭘 다물어. 니가 시작해 놓고. 넌 말끝마다 됐고, 듣기 싫고, 관두자, 그러는데 그럼 말을 먼저 걸질 말던가. 말은 니가 먼저 걸잖아.

인영   니 말 들을 기분 아냐. 쉿!

성우   … 회사동료들이 케이크를 사 왔는데, 그럼 어떡해. 사장님 기분은 영 아니지. 나눠 먹기도 그렇고, 버리기도 그렇고.

인영   버려.

성우   투썸플레이스에서 만든 치즈 무스 케이크인데 어떻게 버려.

인영   그러니까 궁상이라는 거야.

케이크를 보는 성우. 어쩔까 고민하는.
케이크를 상자에 넣는 성우. 들고 나간다. 그리곤 다시 들어와서.

성우   너, 점심시간에 여기 올라오지 마. 원래부터 여긴 내 구역이야. 내가 여기서 너보다 3년은 회사도 먼저 다녔고, 여기서 점심도 3년은 먼저 먹었어.

인영   여기가 니 회사니. 거긴 니 구역해. 여긴 내 구역이니까. 그럼 됐지.

성우   그 말이 아니잖아. 여긴 나만의 장소인데, 프라이버시가 안 지켜지고 있잖아.

인영   경비 아저씨 데려와서 물어볼까. 이 옥상이 누구 건지.

성우   그럼, 12시에서 12시 30분까지 니가 써. 난 12시 31분에 올라와서 1시까지 쓸 테니까. 우리 서로, 프라이버시 좀 지켜주면서 회사 다니자.

성우 나간다. 다시 들어오는.

성우   방금 12시 32분 됐거든. 너 갈 시간 지났어.

인영   넌 어쩜 행동하는 게 재수할 때랑 똑같니.

성우   내가 어땠는데.

인영   후회된다.

성우   뭐가?

인영   재수학원에서 너 불쌍하다고 밥 같이 먹어준 거.

말 없는 두 사람.
인영이 자리를 정리하고 옥상을 나가려한다. 순간 획, 돌아보는 인영.

인영   책상이 넘어가, 진짜?

성우   뭐.

인영   (왼팔을 들어 보이며) 팔.

성우   해봐.

인영 안 넘어가면 너 죽어.

성우 아무튼 난 그걸로 팔씨름왕 됐어.

인영이 나간다.

성우는 거울을 꺼내 자신의 얼굴을 비춰본다.

늙었나… 정말 마흔 살 넘게 보이는 걸까… 이러 저리 비춰
보는. 흰 머리 발견.

성우 엇! 흰 머리다.

착잡한 기분이 드는 성우. 흰 머리를 뽑아 옥상위로 부는 바
람에 날려 보낸다.

신체연령 테스트 포즈를 취해보는 성우. 하나 둘… 일곱 여
덟…

인영이 들어온다.

인영 (신기한 듯 쳐다보는) 뭐하냐.

성우 너! (외면하곤) 말 걸지 마. (손목시계를 가리키며) 42분. 42
분. 프라이버시.

인영 니네 회사도 체력단련 하냐?

성우 여덟 아홉 아홉 아홉…

인영 애쓴다. 월급 더 주는 것도 아닌데.

성우 테스트. 내가 몇 살인지.

인영 뭔데, 그게?

성우 실제 나이는 34살인데 신체 나이가 몇 살인지 알아보는 테스트.

인영 핫! 그래서 몇 살인데, 니 몸뚱이 나이는?

성우 (당혹) 몸뚱이가 뭐냐. 못 배운 사람처럼. 몸.

인영 (아기한테 묻는 것처럼) 몇 살.

성우 (어이없는) 너 왜 다시 온 거야.

인영 사십대 초반?

성우 에이씨. 아냐.

인영 사십대 후반?

성우 얘가 지금!

인영 육십대?

성우 (아니라는 듯. 하지만 얼굴 표정에서 들키고 마는)

인영 와~많다, 많아. 육십대. 음하하하. 예상했던 것보다 많다. 음하하하.

성우 (신체테스트 폼을 잡아보는) 이게, 얼마나 어려운데. 이건 웬만한 균형감각 없이는 못해.

인영 머릿속 나이 측정하는 것도 있냐?

성우 (회심의 미소) 있지.

인영 어떻게 하는 건데.

성우 잠깐만. (주머니에서 수첩을 깨내는) 내가 물어보는 질문에 예, 아니오, 로 대답하고 예, 라는 대답이 10개 넘으면 40대.

인영 내봐, 질문.

성우 후회할 텐데.

인영	뭐, 그냥 테스튼데 뭐 어때.
성우	좋아⋯ 우선, 1번. 자주 피곤하다고 느낍니까?
인영	으흠.
성우	대부분의 시간 동안 행복하지 않다고 느낍니까?
인영	⋯ 음.
성우	자주 화가 납니까?
인영	네.
성우	자주 우울합니까?
인영	네.
성우	잠을 잘 못 잡니까?
인영	네.
성우	벌써 네, 가 다섯 갠데, 그만 할까?
인영	아냐. 더 해봐봐.
성우	은퇴를 원합니까?
인영	회사에서?
성우	그럼, 회사지, 집이겠냐.
인영	⋯ 네.
성우	주위사람들과 만나는 것이 이제는 즐겁지 않습니까?
인영	네.
성우	성생활에 계속 흥미를 느낄 수 없습니까? 아. 이건 **빼구**. 너 안 한 지 3년 됐다고 했지.
인영	내가 언제?
성우	와아, 오리발 내미는 것 봐. 저번에 부산오뎅바에서 오뎅 먹다가 니가 그랬잖아, 술 잔뜩 취해서는 내 귀를 손

으로 막고 나한테 말했잖아.

인영 막았는데 왜 들었어?

성우 이게 못 들으라고 막은 거니, 들으라고 막은 거지.

인영 됐고. 패스.

성우 인스턴트 음식을 먹지 말아야지 하면서도 먹고 있습니까?

인영 (생각 중)

성우 이곳저곳이 쑤시고 아픕니까?

인영 (침묵)

성우 당신 연령대의 사람들보다 더 노숙해 보입니까?

인영 (침묵)

성우 머리카락이 예전보다 덜 자랍니까?
더 나이가 들면 아기를 못 가질 수도 있다는 생각을 해 본 적이 있습니까?
운동이 점점 하기 싫어집니까?
오래 살아도 인생이 더 좋을 게 없다는 생각이 자주 듭니까?
그만하자.

인영 …

성우 거봐. 후회한다고 했잖아. 음하하하.

인영 나 그만 갈게.

문득, 인영이 파우더 통을 꺼내 거울 속 자신의 얼굴을 본다.
립스틱을 칠해보는. 분칠도 해보는.

그러다 인영은 파우더 스폰지를, 성우를 향해 신경질적으로 던진다.

인영   나쁜 자식. 누가 그런 거로 내 기분 더럽게 하래. 니가 뭔데. 넌 재주를 타고나도 꼭 사람 기분 더럽게 하는 것만 타고났더라. 그러니까 재수학원에서 삼수하면서도 밥 같이 먹을 친구 하나 없었지.

성우   1년간 밥 같이 먹어줬다고 되게 생색내네. 이럴 줄 알았으면 그때 계속 혼자 먹는 건데.

인영   그때 계속 혼자 밥 먹게 나뒀어야 했는데.

인영이 나가려 한다.

성우   크리넥슈 있어?

인영   뭐.

성우   크리넥슈. 꺼내서 작게 찢은 다음, 머리 위에서 떨어트려 봐봐.

인영   싫거든.

성우   해봐봐. 기분 나쁘게 안 할 게.

인영이… 크리넥스를 꺼낸다.

성우   찢어.

인영   내가 왜 찢어야 하는데.

성우　　아하. 말 많네. 찢어. 그냥 시키는 대로 해봐.

인영, 마지못해 찢는다.

인영　　됐냐.
성우　　이제 뿌려. 머리 위로.

인영, 마지못해 자신의 머리 위로 뿌린다.

성우　　휴지가 떨어지는 거 잘 봤지? 그러면 이젠 그 휴지를
　　　　　엄지손가락과 검지손가락으로 낚아채는 거야. (시범을
　　　　　보이며) 이렇게. 해봐봐.

인영은 다시 잘게 찢은 휴지를 자신의 머리 높이에서 떨어트
린 다음 날렵하게 엄지와 검지로 집어 낚아챈다. 두 개를 집는.

성우　　오호. 20대의 날렵함. 그거 신체나이 테스트할 때 많이
　　　　　하는 건데 그거 하나 잡으면 30대. 두 개 잡으면 20대.
　　　　　세 개까지 잡으면.
인영　　십대?
성우　　맞아. 십대의 순발력.
인영　　음하하하. 또 다른 건 없어? 아까, 니가 하던 건 어떻게
　　　　　하는 거야?
성우　　이러고 서 있는 거?

인영은 성우의 모양을 따라한다.

성우　　이러고 서서 10초밖에 못 버티면 60살, 20초밖에 못 버리면 50살, 30초 버티면 40살, 40초 버티면 30살.

인영　　이러고 이렇게 하면 돼?

성우　　그대로 가만히 중심 잡고. 비행기 이륙. (비행기 이륙 효과음) 하나, 둘, 셋…

잠시 후.

인영　　몇 살이야, 나?

성우　　지금 막 20대 후반으로 진입.

인영　　(잠시 후) 몇 살이야?

성우　　지금 막 20대 초반 통과.

인영　　(잠시 후) 나 몇 살이야?

성우　　10대. 착륙준비. (비행기 착륙하는 효과음)

인영　　(그만하고는)

성우　　십대로는 안 보이는데.

인영　　넌 60대, 난 10대.

성우　　그럼 나한테 할아버지~ 하고 불러봐.

인영　　미친 놈.

성우　　할아버지~ 잘 잤니, 손녀야.

인영　　(손목시계를 보는) 1시 1분이다. 너 내려가라.

성우　　(손목시계를 보는) 너 시간 지켜. 넌 12시부터 12시 30분까지. 난 31분부터 1시까지.

인영   (딴 생각에 빠진 듯)

성우   어이. 대답 좀 하시지.

성우가 옥상을 나가려 한다.

인영   야. 여기 쓰레기봉투는 무슨 요일에 내놓냐.

성우   어?

인영   쓰레기봉투를 안 가져가서. 청소부 아저씨가.

성우   … 월 수 금일 걸 아마.

인영   그래?

성우, 당황해 하는.

성우   청소부 아저씨가 아플 때도 있겠지, 뭐.

인영은 더 이상 성우 쪽을 보지 않는다.
인영이 있는 옥상 위로 정오의 겨울 햇살이 따사롭기만 하다.
인영이 옥상을 나간다.

성우는 인영이 나간 곳을 바라본다.
옥상 구석에 있던 쓰레기봉투들을 챙겨 옥상을 빠져나가는
성우.

2

두 건물의 옥상.

12월 23일 밤.

【강호동철인4종경기추진회】건물의 옥상.

그 한쪽에 야경을 바라보고 있는 한 소녀가 있다.

그 소녀는 교복을 입고 있고 밀짚모자를 쓴 채 맥주를 마시고 있다.

다 마신 맥주 캔 표면에 네임펜으로 뭔가 글을 써넣는 소녀.

그리곤 발아래 놓고 쾅 밟아 맥주 캔을 일그러뜨린다.

소녀는 목에 걸고 있는 니콘 라이카 카메라로 야경을 찍는다.

그러는 동안, 옆 건물 【대림상공】건물의 옥상 문이 열리며 성우가 들어온다.

피곤이 역력한 모습.

갑작스런 인기척에 뷰파인더에 눈을 댄 채 그대로 성우를 관찰하는 소녀.

성우는 교복을 입은 소녀의 갑작스런 모습에 잠시 당황하지만, 이내 주머니에서 담배를 꺼내 피워 문다.

소녀는 그런 성우의 모습을 카메라로 찰칵찰칵 찍는다.

성우   사진 뽑으면 한 장 갖다 줘.

소녀   저두 담배 하나 줄래요?

성우   (쳐다보는) 피게?

소녀   네.

성우   (쳐다보는) 어딘가 낯이 익는데…

소녀   그런 식으로 여고생 얼굴 몰래 훔쳐보세요?

성우   어? 아냐.

소녀   고등학생이면 담배 펴도 되죠?

성우   어. 되지. 펴. (담배 갑에서 한 가치를 꺼내려다) 1mg 에세 순인데. 대나무. 펴?

소녀   던져봐요.

성우   (담배 갑 자체를 던지는)

소녀   (담배 갑을 받으며) 1mg이라. 쪼잔하네요. 이거 무슨 맛 이에요?

성우   대나무 그려져 있잖아, 거기. 그럼 대나무 맛이겠지.

소녀   불은?

성우   (지퍼라이터를 꺼내들고 던질까 말까 고민하다 던지는)

소녀   비싼 거네. (받은 지퍼라이터로 멋지게 담배에 불을 붙이고 한 모금 멋지게 빠는)

성우   와~ 불량서클에서 활동하나봐?

소녀   그냥 연기 맛이네. 그냥 숨 쉬는 게 낫겠다. (담배를 바닥 에 버리곤 발로 밟는)

성우   여긴 왜 올라왔냐? (자신이 생각해도 어이없는 생각이라는 듯) 자살하려구?! 하하하.

소녀   네.

성우　(입에 물고 있던 담배를 떨어트린다) 밥은… 먹었냐?

소녀　아뇨.

성우　그거 밥 안 먹어서 그런 생각 들고 그러는 거야.

소녀　그쪽은요.

성우　난 케이크 먹었지. 과다당분섭취. 좀 힘드네.

소녀　(가방 안에서 도시락을 꺼내 성우에게 보여주며) 먹을래요?

성우　뭔데, 그게.

소녀　도시락.

성우　그걸 나보고 먹으라고.

소녀　어차피 나한텐 필요 없으니까.

성우　맥주 남았으면 하나 줘.

소녀　(어둠 속에서 분홍색 도시락을 내밀고 있는)

성우　…

소녀　(여전히 도시락을 내밀고 있는)

성우　무섭게 왜 이래.

소녀　정말 도시락 안 먹을래요?

성우　자살한 여고생 도시락 빼앗아 먹었다고 신문에 나게. 싫어.

소녀　(주머니에서 카드 하나를 꺼내 성우에게 던지며) 받아요.

성우　이게 뭐야.

소녀　내 유서요.

성우　이걸 왜 날 주는데. 너 이상하다.

소녀　(난간 위로 올라서는) 할아버지한테 잘 전해주세요.

성우　할아버지가 누군데. (급히 유서를 뜯어보는… 이상한지) 할아버지야, 생일 축하해. (소녀를 쳐다보는) 코… 코…

인영이 장난치고 있음을 알게 된 성우.

인영 코… 뭐?

성우 코스프레 매니아?

인영 뭐 하냐, 지금까지.

성우 너야 말로 그 나이에 뭐하는 취향이야.

인영 니 성적 취향 좀 실험해 봤다. 너 저번에, 옥상에서 자
살하려는 여고생과 섹스 한 번 해보는 게 꿈이라며.

성우 큰일 날 소리. 내가 언제?

인영 저번 부산 오뎅바에서. 술 잔뜩 취해서. 고래고래 질렀
잖아.

성우 기억 안 나거든.

인영 핫! (비웃곤) 알츠하이머까지. 퇴근 안 하고 뭐해, 생일이
라면서.

성우 야근.

인영 생일에?

성우 그래.

인영 나쁜 회사네.

성우 나쁜 회사야.

인영 담배 하나 줄까?

성우 됐다.

인영 1mg 에세 대나문데, 너 펴라.

인영이 원래의 성우 담배케이스를 성우에게 던져준다.

성우 라이터는.

인영 (딸각딸각 지퍼라이터 뚜껑을 열었다 닫았다 하는) 커플 라이타인가 봐. 『지영 ♡ 성우. 영원히』 하트가 닳고 닳았는데.

성우 줘.

인영 (휙 던지는) 안 가져.

성우 (받는) … 내가 정말 그런 말 했어, 오뎅바에서?

인영 너한테 거짓말 한 적 있었어, 내가, 재수시절에.

성우 없지… 너 나 여기 있는 거 어떻게 알았어?

인영 (바로 앞 건물을 가리키며) 불 켜진데. 내 오피스텔.

성우 저기 분홍색 커튼? 분홍색 커튼이 뭐냐, 어울리지 않게.

인영 훔쳐보지나 마.

성우 (어이없는 듯) 널 훔쳐봐, 내가? 나 차성우야. 왜 이래. 고시원 쪽방에서 공무원 시험 3년 넘게 할 때도 쭉쭉빵빵 아니면 쳐다보질 않았던 눈이야, 이 두 눈이. (인영을 훑어보는) 가슴에 뽕 넣은 게.

인영 니가 내 가슴을 봤어.

성우 봤잖아.

인영 언제?

성우 말 못 해.

인영 말 안 해.

성우　　(음흉한 목소리) 그럼 대가가 있어야지.

인영　　변태.

성우　　밤마다 교복 입고 거릴 활보하는 건 변태 아니고 뭔데.

인영　　(신체연령 테스트 포즈를 취해보며) 10대.

성우　　가지가지 한다.

성우, 교복 입은 인영을 찬찬히 바라본다.

성우　　좀 섹시한데.

인영　　자꾸 아저씨처럼 느끼하게 굴래.

성우　　나 아저씨 같냐.

인영　　넌 14년 전부터 아저씨였어. 로리타 취향.

성우　　교사가 꿈인 게 왜 로리타 취향이야.

인영　　로리타 취향이니까 교사가 되고 싶었던 거잖아.

성우　　…

인영　　인정?

성우　　… 10분간 휴식.

인영은 카메라 뷰파인더로 야경을 본다. 그러다 점점 성우에
게 카메라는 향하고.

인영　　너… 옆으로 돌아봐봐.

성우　　아직 1분도 안 지났거든.

인영　　돌아봐봐 좀.

성우   (짜증) 왜.

인영   짜증내는 얼굴이 일품이네.

성우   (어쩔 수 없다는 듯) 이렇게?

인영   왼쪽으로 조금만. 아, 아니다. 6시 방향으로.

성우   6시 방향? 어디가 6시 방향인데.

인영   (손가락으로 6시 방향을 가리키는)

성우   (턱을 아래로 내리는)

인영   그쪽… 닮았어.

성우   뭐가?

인영   내가 잘 아는 사람 6시 방향.

성우   그럼 안 되는데.

인영   뭐가 안 되는데.

성우   대학 때 여자 친구가 있었는데 무척 좋아했거든요. 근데 정말 어이없는 이유로 차였어.

인영   무슨 이유?

성우   내가 자기 남동생이랑 너무 닮아서 연애감정이 안 생긴다는 거야.

인영   …

성우   첫 직장 다닐 때 한 눈에 반했던 여자애를 만났는데 그애도 똑같은 말을 하더라구. '넌 우리 아빠랑 너무 닮았어. 안 되겠다.'

쓸쓸하게 담배를 피워 무는 성우.

인영 핫! (웃는). 그런 힘든 일이 있었네, 살아오면서. 애썼다.
(사이) 신발 벗어서 손에 들고 이쪽 좀 봐봐. 사진 찍게.

성우 신발은 왜?

인영 들어.

성우가 신발을 벗어 오른쪽 손에 든다. 그때 성우의 핸드폰이
울려댄다.

성우 전화.

인영 받지 마.

성우 사무실에서 온 거야.

인영 생일 날 야근시키는 회사 전환 받지도 마. 알았어?!

성우 …

인영 대답해!

성우 알았어. 근데 너 진짜 그 말투 어떻게 안 변할 수가 있
냐. 10년이면 강산도 변하는데. 재수학원 건물도 없어
졌는데. 넌 똑같아.

인영 웬 줄 알아. 보는 순간 때려주고 싶은 욕구가 샘솟게 하
는 사람이 있거든. 일명 찌질이라고.

핸드폰 진동음이 끊어졌다가 다시 울려댄다.
성우가 핸드폰 폴더를 열었다, 닫았다, 마구 흔들어 대더니
핸드폰 폴더를 연 채 이 구석, 저 구석 왔다 갔다 하는 성우.
그러다 한 곳에서 우뚝 멈춰선다.

성우	(회심의 미소) 찾았다! 수신 지역 이탈권 표시 떴다. (그곳에 핸드폰을 놓아두고, 원래의 자리로) 자, 이제 찍어.
인영	좀 더 위쪽으로. 턱은 아래로. (찍는다) 포즈 좀 취해봐.

성우는 여러 가지 다양한 표정과 포즈를 취해본다.

인영	아. 아니. 아, 아니. 아아, 아니.
성우	이렇게? 이렇게? 이건 어때?
인영	아니. 아니. 아니.
성우	못 하겠다.
인영	다시 한 번.
성우	(신발을 양손에 들고 활짝 웃는) 이렇게?
인영	네. 좋습니다. 좋아요. 좋아요. 좋습니다. 네, 좋습니다. 좋아요. 아, 그 표정, 별루다. 좋아요. 좋습니다.
성우	하하하 (웃는다)
인영	왜 웃어?
성우	내가 그렇게 좋아?
인영	농담하는 거니.
성우	여고생이 좋다고 하니까 기분 좋아서.
인영	정말 못 말리겠다, 너란 변태.

계속 울리고 있는 성우의 핸드폰 진동음.

인영　　이제 받아봐.

성우가 수신 지역 이탈권으로 가서 핸드폰을 받는다.
가만히 상대의 얘기를 듣다가 확, 폴더를 닫아버린다.
잠시 우울해진 얼굴.

성우　　아참, 아까 대답 못 들었는데. 나, 누구랑 많이 닮은 거
　　　　야?
인영　　3살짜리 조카.
성우　　아, 역시. 가족이구나. 인영아?
인영　　왜.
성우　　정말 내가 3살짜리 조카랑 닮았냐.
인영　　6시 방향으로… 완전 판박이.
성우　　진짜 나랑 닮은 사람 너무 많아.
인영　　말은 바로 해야지. 니가 다른 사람 닮은 거야.

우울한. 그러다 성우는 6시 방향의 얼굴이 그녀에게 보이도
록 턱을 낮춘다.

성우　　크리스마스이브 때 뭐 하냐?
인영　　뭐 하냐니.
성우　　밥은 먹냐.
인영　　그럼 밥도 안 먹냐.
성우　　조카랑 같이 먹을 생각 없어?

인영 (앞에 있던 맥주 캔을 발로 뻥 찬다)

성우 윽, 차였다.

인영 34살 조카 안 키우거든.

성우 나, 나중에 선생님 되면 여고생하고 꼭 한 번 밥 같이 먹고 싶었거든. 크리스마스이브 때. 오해하지 마. 너랑은 아니야.

인영 나도 너랑은 영~ 아니야.

성우 됐다.

인영 삐졌냐. 좋아. 악수해. 여기서, 악수하면 밥 정도야, 뭐. 생각해 보지. (난간 쪽으로 가서 손을 뻗어보는) 안 닿을 것 같네. 음하하하.

성우 재밌냐.

인영 형사 가제트처럼 팔 늘려봐.

성우 재미없거든.

인영 늘어나라! 만능 팔~ (돌아온 형사 가제트 주제곡을 흥얼거리는) 뜨뜨르르뜬뜬 가젯 가젯 뜬뜨르르뜬든 우후~ 늘어나라 만능 팔~

성우 니 머릿속엔 뭐가 든 거냐. 나이가 서른넷이다. 이 아줌마야.

문득, 성우가 어떤 생각이 떠올랐는지 옥상 뒤쪽으로 간다.
사다리를 가져오는 성우.

인영 뭐하게.

성우   보면 알겠지.

인영   떨어져.

성우   안 떨어져.

성우는 옥상과 옥상 난간에 사다리를 놓고 올라선다.
그러나 단 한 발자국도 나아가지 못하는 성우. 떨기만 한다.
사다리에서 그냥 내려오는 성우.

성우   역시 학생과 선생님 사이는 이렇게도 위험하고 먼 거야. 다시 한 번 깨달았어.

사다리를 다시 거두어들이는 성우. 그러다

성우   손목에 그거 뭐야.

인영   … 이거?

성우   그래.

인영   붕대.

성우   붕댄지 누가 모르냐. 왜 감았어?

인영   리스크 컷, 요즘말로 하면.

성우   그게 뭔데?

인영   자해.

성우   자해?

인영   처음 봐?

성우   그거 진짜 피야?

인영 (손목을 보는) 또 나네, 피.

성우 쇼하는 거지.

인영 나 늙어 보여?

성우 당연히 늙어 보이지.

인영 늙어 보여, 정말?

성우 이제 교복 그런 거 입지 마. 밤이고 어두침침하니까 봐 줄만 한 거지. 대낮이었어 봐. 생각하기 좀 끔찍하다.

인영 늙어 보인다는 거네.

성우 (갑자기 긴장) … 유도심문하지 마.

인영 잘 봐봐. 여기는 쑥 들어가고, 여기 주름에, 여긴 축 쳐지고. 눈은 푹 꺼지고.

성우 어려운 거 묻지 마, 나한테.

인영 크리스마스이브 때 보톡스 맞으러 갈 건데, 같이 갈래.

성우 여고생이 무슨 보톡스야.

인영 요즘은 여고생이 더 해.

성우 넌 보톡스 안 맞아도 봐줄만 해.

인영 그건 니 의견이고. 내가 너 때문에 보톡스 맞냐.

성우 아무튼 안 돼.

인영 너, 나 이 나이에 뭐하는 줄 알아, 사무실에서?

성우 뭐하는데.

인영 커피 타고 팔씨름 하고. 팔씨름 하고 커피 타고.

성우 입사한 지 한 달밖에 안 되니까 그렇지. 근데 누구하고 팔씨름 하는데.

인영 여름에 아이스크림 봤어, 뜨거운 아스팔트에 떨어진?

성우   갑자기 아이스크림 얘기로 얘기가 왜 새는 거야.

인영   그거 정말 볼품없지?

성우   볼품없지, 정말.

인영   그게 나야.

성우   …

인영   (손목을 보여주는) 죽지 않을 만큼만 살짝. 용기도 없으니까.

성우   처음엔 다 그래. 그건 얼굴하곤 하나도 상관없어.

인영   넌 내 기분을 몰라.

성우   뭘 몰라. 같이 재수까지 했는데. 칼 이쪽으로 던져봐. 나도 한 번 해보자.

제도용 칼을 던져주는 인영.

받는 성우

성우는 칼날을 드르륵 빼내, 자신의 손목에 갖다 댄다.

눈을 감고 쓰윽, 칼로 손목을 그으려는 성우.

성우   … 나 사실 너한테 거짓말 했는데. 오뎅바에서… 나 과장 아냐. 나 여기서 수도꼭지 홍보해. 34살에 말단 직원… 근데 아직도 내 생각에는 변함이 없는 게 하나 있는데. 우리가 살아가는 데 있어서 반드시 필요한 거잖아, 정말 없어서는 안 되는 거잖아, 수도꼭지라는 게. 이 회사 처음 들어왔을 때 내 인생이 왜 수도꼭지나 홍보하는 인생이 됐을까, 회의가 많이 들더라구. 근데 한

2년 쯤 지나니까, 고등학교 시절이 자꾸 떠오르는 거야. 체육시간 끝나고 나면 수돗가로 뛰어가서 머리 막 디밀고 막 감잖아. 그 시원함. 차가움. 상쾌한 해소감. 그 젊음. 청춘. 머리 위로 태양은 뜨겁게 이글거리고, 뇌는 부글부글 끓고, 얼굴 껍질은 여기저기 막 벗겨져 있고, 이빨 사이엔 운동장 모래가 잔뜩 껴있고, 물이 정말 콸콸 쏟아져 나오잖아, 고등학교 수돗가라는 게. 난 내가 그런 수도꼭지를 홍보하고 있다고 생각하기로 했어.

칼로 손목을 그으려는 찰라. 용기가 안 나는지…

성우 나… 매일 잠도 못자고, 잠도 안 오고 그래서 밤마다 편의점에, 노래방에, 비디오방에… 새벽 아파트 벤치에 앉아 있다가… 쓰레기봉투를 훔쳐. 오늘은 301호, 내일은 403호. 내일 모레는 506호. 옆집, 아랫집, 윗집의 쓰레기봉투를 들고 와서 밤새 그 쓰레기봉투를 펼쳐 봐. 이 사람들은 뭘 먹고 사는지, 무슨 음료를 좋아하고, 어떤 과자를 먹고, 어떤 화장품을 쓰고, 무슨 책을 읽는지… 기저귀가 나오면, 아 이 집에 애가 있었던가, 최근에 애를 낳은 건가, 생리대가 나오면, 이건 그 집 여학생의 생리댄가, 휴지에 싸인 콘돔 발견! 아, 그 여자 애인 생겼구나, 구멍 난 양말 한 짝, 구멍 난 스타킹, 다 먹고 버린 피임약통, 오렌지껍질, 수박껍질, 날짜 지

난 식빵, 피자 한 조각, 깨진 병, 찢어진 연애편지… 근데 내가 쓰레기를 뒤지면서 깨달은 게 뭔지 알아?

인영　변태.

성우　아니. 사람들 말이야, 아파트 사람들… 아직도 분리수거를 안 하더라구.

인영　(웃는) 분리수거.

성우　앗. (칼끝이 살짝 닿았는데도, 아파하는) 아아. 이거 아프네.

성우의 핸드폰 진동음이 울린다.
마지못해 핸드폰을 받는 성우.
가만히 얘기만 듣고 있는 성우.
끝까지 미소를 잃지 않는 성우.

성우　사장님 저 오늘 생일이거든요. (화난 목소리로) 더 이상 야근 못 하겠거든요. 네! 네! 알겠습니다! 바로 들어갈 거니까, 대기하고 계세요! 여기 사무실 근처 편의점이거든요! 네! 알았거든요!

핸드폰을 팡~ 닫아버리는 성우.

성우　(인영을 바라보며) 잠깐 내려갔다 올게. 컴퓨터가 다운 됐다네… 컴퓨터 업! 시켜 놓고 올 테니까, 조금 더 있을래?

인영　…

성우　크리스마스이브에 보톡스 맞으러 같이 가자.

성우는 살짝 찔러본 손목을 움켜쥐고 옥상 문을 열고 밖으로 내려간다.

옥상에 혼자 남겨진 인영. 맥주를 마신다. 그러다 맥주 캔 표면에 네임펜으로 뭐가 글을 적는다.

멀리서 캐롤 소리가 들려온다.

문득 허리가 아파오는지 허리를 손으로 주무른다.

인영이 옥상을 나간다.

잠시 후, 성우가 뛰어 들어온다.

이미 텅 빈 옥상.

핸드폰을 누르는.

받지 않는 인영의 핸드폰.

3

두 건물의 옥상

12월 24일. 크리스마스이브.

해질 무렵.
멀리서 들리는 활기찬 캐롤 소리.

【대림상공】 건물 옥상.

롯데 백화점 쇼핑봉투와 투썸플레이스 케이크 상자를 들고 정장 차림의 성우가 전화통화를 하며 계단을 뛰어올라오고 있다.

성우　(목소리) … 어. 나 들어왔어. 사무실 근처 편의점. 넌 어디야? 뭐? 아이, 넌 안 왔으면서 왜 나한테 닦달이야. 컴퓨터 안 되는 게 다 내 탓이냐. 컴퓨터 좀 바꾸자고 그래, 니가. 내가 괜히 컴퓨터는 배워 가지고. 알았다. 거의 다 왔다니까. 알았다구. 끊어. 끊어.

성우가 헐떡이며 옥상 위에 도착한다.
건너편 옥상을 보는.

비어있다.

인영에게 전화를 거는.

하지만 전화를 받지 않는지. 음성녹음.

성우 도대체 핸드폰은 왜 꺼놓는 거야. 못 오면 문자를 주던 가. 오피스텔에도 없구… 설마 너 보톡스 맞으러 간 거 냐? 아무튼 그건 그거구. 롯데 백화점 앞에서 3시간 넘 게 기다리게 해야겠냐, 이런 날에. 쪽팔리게.

핸드폰을 끊는.

멀쩡하게 복구된【강호동철인4종경기추진회】환한 간판을 보 는.

망원경을 꺼내 도시를 살펴본다.

그러다 인영의 오피스텔 쪽으로.

주머니에서 싸인펜을 꺼내 종이에 뭔가 글자를 쓴다.

「밥?」 이라는 글자.

롯데 백화점 쇼핑백에서 노란 한솔도시락을 꺼내 들고 다른 한 손엔 밥이라고 써진 글자를 들고 서있는 성우.

다시 망원경으로 오피스텔 쪽으로 보는 …

그러고 보니 어두워서 밥이라는 글자가 잘 안 보이는 건 아 닌가.

성우는 간판을 본다.

【으뜸 스폰지밥 캐릭터 장난감 사무실】 간판.

페인트 롤이 달린 장대로 탁탁 쳐서 한 글자씩 조명을 꺼나
간다.

이제 【…밥…】만 남겨진.

【…밥…】이라고 써진 불빛 환한 간판 옆에 서서 한솔도시락
을 높이 들고 서 있는 성우.

성우   이래도 전화 안 할래.

성우의 핸드폰이 울린다.

성우   아하~

핸드폰을 꺼내 수신자를 확인하는 성우. 회사번호다.

끄지도 못하고 받기도 싫은 계속되는 핸드폰 진동음.

결국 성우는 마지못해 사무실로 내려간다.

잠시 후 다시 옥상으로 올라오는 성우.

4일이 흘러간다. 네온사인이 꺼졌다 켜졌다 하는.

외롭게 옥상에서 혼자 밥을 먹는 성우의 모습.

4

두 건물의 옥상

12월 28일.

쟁반에 커피를 들고 옥상 문을 여는 인영. 모자를 쓰고 있다.
쟁반엔 10개 이상의 커피가 뽑아져 있다.
옥상 구석에 있는 1.5리터 통에 커피를 따라 붇는 인영.

【대림상공】옥상 위로 성우가 맥도날드 햄버거를 들고 들어
온다.

성우   (못 본 척 하다가) 그쪽. (손목시계를 가리키며) 31분.

인영   (손목시계를 보는) 28분.

성우   인터넷 보고 맞춘 시간.

인영   9시 뉴스데스크 보며 맞춘 시간.

성우   뉴스도 보냐.

인영   PD수첩도 본다.

성우   5일만이다. 얼굴 보는 거.

인영   반가운가 보지.

성우   반가울 리가 없지. 얼굴형도 좀 바뀐 거 같네.

인영   당연히 그래야지. 들인 돈이 얼만데.

성우   그래도 나이는 못 속이지.

인영   또 맥도날드냐.

성우   이까운 커피를 왜 그렇게 버리냐.

인영   아까우면 니가 다 마시던가.

성우   버릴 거면, 한 잔 주던가.

인영   와서 먹던가. (그 자리에서 커피 쥔 손을 뻗는)

성우   먹으라고 주는 거냐, 지금.

인영   먹던가 말던가. (커피를 버리려고 하는)

성우   그쪽으로 갈 거니까, 꼭 쥐고 있어.

인영   손 시렵거든.

성우   내가 오늘은 간다.

옥상 출입문으로 가는 성우.

성우가 옥상 한쪽에서 사다리를 가지고 와 옥상과 옥상을 연결한다.

인영   뭐하는 거야.

성우   (건물 사이 밑을 내려다보며, 살짝 겁이 나는) 보면 모르냐.

인영   그냥 계단으로 내려가서 계단으로 올라오시지.

성우   귀찮다. 체력도 딸리고.

인영   떨어지면 죽는데.

성우   설마 떨어지기야 하겠냐?

인영   사람들은 다 너처럼 생각하다가 죽어.

성우   (살짝 겁이 나는) 왠지 이런 일에 목숨 걸고 싶어지네.

인영 커피 한 잔 때문에?

성우 그럼 뭐 딴 이유가 있을 줄 알았냐.

인영 죽으면 커피 값이야. 250원.

성우 250원이면 뭐, 괜찮다.

성우는 사다리 위에 올라선다.

올라서자마자, 자기 멋대로 몸이 부들부들 떨기 시작한다.

그래도 씩씩하게 두세 걸음을 힘차게 내뻗는 성우.

성우 내가 이래봬도, 군대 있을 때 유격훈련 세 번이나 뛴 사람이야. 남들 다 두 번 뛸 때 난 세 번.

인영 그러니까 니 인생이 수도꼭지 홍보나 하는 인생이 된 거야.

성우 밧줄 하나에 의지해서 산과 산을 건너고, 강과 강을 건너고, 헬기에서 뛰어 내리고 절벽과 절벽을 뛰어다니고.

순간, 무심코 밑을 내려다보는 성우.

무릎이 휙 꺾이더니, 주저앉는다.

두 손으로 사다리를 꽉 붙잡은 채 일어나지 못하는 성우.

인영이 사다리 위로 올라선다.

성우 위험해!

인영 나도 목숨 좀 걸어보려고.

성우	내려가, 위험해!
인영	무서워?
성우	무섭지.
인영	내가 죽는 게 무섭지?
성우	같이 떨어질까 봐 무섭지.

인영이 성우 앞으로 걸어간다.
원숭이걸음처럼 웅크리고 엉금엉금 기어가는 성우.

성우	이러다 같이 떨어져.
인영	'선수는 엉금엉금 기어갈 수 없다.'
성우	뭐?
인영	강호동철인4종경기 선수 규칙.
성우	그런 규칙을 누가 만들었냐.
인영	강호동.

사다리에서 일어나는 성우.
성우는 신체연령 테스트를 할 때의 포즈로, 균형을 잡으며 쉼
호흡을 한다.
한 발 한 발 전진 하는 성우.
성우가 한 발 전진해 오면 뒤로 한 걸음 떼는 인영.

성우	뒤 봐. 뒤. 진짜 떨어진다, 그러다. 뒤 좀 봐.
인영	원래 난 뒤 안 보는 성격이잖아. 이 성격 때문에 팔씨름

도 하게 되고.

성우는 숫자를 센다.
마흔아홉… 마흔여덟… 마흔일곱… 마흔여섯… 마흔다섯…

성우 너 왜 혼자 보톡스 맞으러 갔어? 같이 가기로 해놓고.

인영 널 데려가야 하는 이유가 뭔데?

성우 친구잖아.

인영 그런 덴 애인이랑 가는 거야.

성우 (웃는)

인영 그 웃음은 뭐야.

성우 여고생 같아서, 니 보톡스 맞은 얼굴.

인영 성적 취향 좀 이제 좀 바꾸지 그래.

성우 (앞으로 나아가며) 나도 점점 젊어지고 있는 거 보이냐.
서른아홉… 서른여덟… 서른일곱… 서른여섯… 점점
젊어지고 있습니다, 이 차성우는.

인영 너 재수할 때 별명이 뭐였지? 사람들이 널 뭐라 불렀는
데.

성우 … 브레드비트?… 종이컵.

인영 그래. 종이컵. (웃는) 왜 다 널 종이컵이라고 불렀는지
알아.

성우 몰라.

인영 한 주먹에 다 구겨지잖아.

성우 나 안 구겨지거든.

후다닥 사다리를 건너가는 성우.

발걸음을 뒤로 떼는 인영.

옥상 위로 뛰어내리는 성우와 인영.

인영 앞에 서는 성우.

인영　선수의 머리, 목, 팔 어깨, 엉덩이나 발을 포함한 몸통의 어느 부분이라도 결승띠에 닿는 순간을 경기를 종료한 것으로 판정한다. 강호동철인4종 경기 종료의 규칙.

인영이 커피가 담긴 종이컵을 내민다.

커피를 받는 성우. 커피를 원샷 한다.

뒤돌아서서 다시 사다리를 건너서 돌아가려고 하는 성우.

아찔한지 사다리 위로 올라가질 못한다.

인영이 옥상 한쪽에 놓아두었던 쓰레기봉투에 쓰레기를 채워서 성우에게 준다.

성우　뭐야, 이게?

인영　자.

성우　왜 이걸?

인영　꽉 채웠는데.

성우　(난감) … 집에 가서 풀어볼게.

성우는 어색한 듯 쓰레기봉투를 받는다.

성우　어 눈 온다!

인영　(하늘을 보며) 어디?

성우　방금 내 콧등에 한 개가 툭.

갑자기 뚝뚝 비가 내리기 시작한다.

비가 점점 거세진다. (무대에서 실제 비 효과가 내리도록 한
다.)

둘은 옥상 물탱크에 기대어 비를 피해 본다.

비를 맞으며 비를 바라보는 두 사람.

더욱 거세지는 빗줄기.

성우가 옥상 구석에서 부서진 낡은 양산을 찾아내서 인영을
씌워주려 한다.

인영이 옥상 한 가운데로 뛰어나간다.

인영　나, 비 맞는 거 좋아해.

성우　사무실 안 들어가 봐도 돼?

인영　들어가면 또 팔씨름 하자고 그럴 텐데, 뭐.

성우　너도 참 고생이다.

인영　성우야.

성우　왜.

성우에게 다가오는 인영.

성우에게 키스하는 인영.

인영 내 팬티 벗겨 줄래?

성우 (꿀꺽)

인영 내 가슴 다시 한 번 보고 싶지.

성우 (꿀꺽) 친구끼리 왜 이래.

인영 14년 전처럼 내 귀에 니 뜨거운 입김 불어넣어보고 싶지.

성우 (갈등하는) 친구끼리 이러지 말자.

물탱크 사다리를 타고 올라가는 인영.

성우 거긴 왜 들어가?

인영 물 없어. 여기 텅 비었어. 성우야, 너두 들어와.

성우 친구끼리 이러면 안 되는데.

물탱크 안으로 들어가는 성우.

물탱크 안에서 두 사람의 섹스가 시작된다.

물탱크 앞이 투명해지면서 그들의 모습이 보인다.(마치 드럼 세탁기의 빨래 입구처럼) 그 투명한 입구로 색종이들이 떨어지고, 그들의 어깨선들과 종아리들, 마치 동화 속 공간처럼 물탱크 안을 표현한다.

인영 니 거 뜨거워.

성우 니 거도 뜨거워.

두 사람의 신음소리.

인영   아. 아. 아. 들어와. 들어와.
성우   지금 들어갈까. 조금 더 있다 들어갈까.
인영   지금 들어와.
성우   진짜 들어가도 돼?
인영   들어와. 긴장하지 마.
성우   너무 오랜 만에 하는 거라서. 들어간다.

인영의 계속되는 숨소리.

성우   아파?
인영   아니. 안 아파. 좋아. 좋아.
성우   정말 안 아파?
인영   안 아파, 정말. 넌?
성우   난 안 아프지. 정말 안 아픈 거지?
인영   안 아파.
성우   너두 오랜만에 하는 거잖아. 3년인가.

인영의 신음소리.

인영   다 들어 와. 다 들어 왔어?
성우   다 들어갈까?
인영   성우야. 물어보지 좀 마,

신음소리.

성우 나 조금만 더 움직이면 할 것 같아. 뺄게.

인영 빼지 마. 빼지 마. 나 안 위험해. 계속 움직여줘. 계속 움직여. 계속 움직여.

두 사람은 점점 절정으로 가고.

인영 앙. 앙. 앙. 더. 더. 앙. 앙. 앙… 너 내 안에 할 때 신호 줘.

성우 신호?

인영 내 안에 사정할 때.

성우 어떻게.

인영 내 목 힘껏 깨물어.

성우 너 성적취향 한 번 대단히 독특하다. (인영의 못을 힘껏 깨무는)

인영 아아아앗~

성우와 인영의 절정을 넘어가는 소리.

인영 내 안에 했어?

성우 했어, 방금.

인영 잘 했어. 잘 했다, 성우야. 기특해. 착한 자식.

성우 등 많이 아팠지? 바닥이 너무 딱딱해서.

인영   (아픈 듯한) 괜찮아.

성우   일어날래?

인영   조금만 더 누워있구.

성우가 물탱크에서 나온다.

인영과 섹스한 것이 후회가 되는지. 사다리를 타고 도망가려

고 하는.

인영   웃긴 얘기 하나만 해 봐.

성우   웃긴 얘기 나 못 해.

인영   아무 거나.

성우   이건 그냥 나만 웃긴… 다른 사람들은 안 웃는 얘긴데

안 웃는 게 정상이야. 자라는 자라도 자라다. 파리에 사

는 파리도 파리다. 쥐가 먹는 쥐약은 쥐한테 쥐약이

다… 절 사랑하세요, 아뇨, 전 교회를 사랑합니다. 나

이제 말 안 할래요… 소 할래요. 나만 혼자 보! 낼 수 없

어요!… 같이 주먹 내요!

인영   (썰렁)

성우   거봐. 안 웃기지. … 어디 다친 거 아니지?

인영   허리가.

성우   어? 허리가 왜?

인영   못 움직이겠어.

성우   못 움직여?

인영   (애써 태연한 척) 걱정하지 마. 무리했나 봐. (핸드폰으로

어딘가로 전화를 거는, 119) 여보세요, 구급차 부르려고 하는데요.

성우 (당황)

인영 (침착) 네. 지금 누워있는데 못 일어나겠어요. 디스크 수술 받은 적이 있는데 재발한 것 같아요. 네. 4년 전에요. 아뇨. 네. … 서울 종로구 종로 4가… 강호동철인4종경기추진회 간판 걸려있는 건물 7층 옥상 물탱크에요. 아니요. 옥상 물탱크요. 네. 그 물탱크요. 그 물탱크 안에 누워있어요. 네. 네에.

성우 …

인영 (밖에 있는 성우에게) 여러 번 구급차를 타봐서…

성우, 여전히 사다리 위에 있는. 망설이는.
사다리에서 내려와 물탱크로 가는 성우.

성우 구급차를 처음 타보는 거라서 뭘 어떻게 해야 하는지…

인영 내 옆에서 도시락 먹어.

성우 지금?

인영 도시락 사가지고 올래? 돈가스랑 뜨거운 우동이랑.

성우 지금 그걸 어떻게 먹어?

인영 먹어. 차성우가 배고픈 거 싫어, 나.

성우 나 안 배고픈데.

인영 원래 섹스 열심히 하면 배고픈 거야. 배 안 고프면 열심히 안 한 거야. 어서 갔다 와.

성우는 옥상을 서성인다.

물탱크 밖에 있는 성우와 물탱크 안에 있는 인영.

인영　안 갔어?

성우　지금 갈 거야.

인영　(아픈 신음하는)

성우　왜 그래?

인영　어?

성우　괜찮아?

인영　폭풍우가 올 것 같아.

성우　폭풍우?

인영　(아픈 걸 참는) 이 증상이 오면… 조금 있다가 진짜 아픈 데.

성우　아아. 어쩌면 좋냐?

인영　웃긴 얘기 해봐, 내가 아픈 거 까먹게.

성우　… 나 웃긴 얘기 정말 못한다니까. 얼마 전에 회사에서 회의를 했는데, 회의 안건이 왜 모든 수도꼭지는 동그란가, 였어. 그래서 하트나 별, 초승달, 곤충 모양의 수도꼭지를 만들자, 내가 그랬지. 다들 웃더라구. 스마일 표정을 이용해서 물을 틀어놓으면 우는 얼굴로 바뀌는 수도꼭지를 디자인하자. 그래서 물 부족 국가의 걱정을 줄이는 건 어떨까? 다들 웃더라구. 물을 틀 때마다 뻐꾸기가 나와서 뻐꾹뻐꾹 우는 건 어떨까? 스타마케팅을 이용해서 물을 틀어놓으면 스타들이 옷을 벗는 수도꼭지는 어떨까?… 사람들이 다 비웃더라구.

인영 …

성우 조금만 참아. 금방 사가지고 올 게.

성우가 옥상 문 쪽으로 다가가다 돌아서서.

성우 인영아.

인영 예전처럼 도망가는 거 아니지. 재수할 때처럼. 그때처럼.

성우 …

비상구로 뛰어 내려가는 성우.
물탱크 안에 혼자 남겨진 인영.

잠시 후 , 멀리서 구급차 소리.
꾹꾹 눌러 참고 있던 고통이 터지면서 엉엉 운다.

구급차 소리가 커졌다가 이내 멀어지고…

5

두 건물의 옥상 – 대학병원 옥상.

12월 31일. 밤.

대림상공 건물 옥상에 회사 유니폼을 입은 채 혼자 서 있는
성우.
편의점 도시락을 먹으며 도시의 야경을 내려다보고 있다.

자동차의 경적음들.
몇 군데에서 드문드문 들려오는 폭죽 소리들.
문득 칼로 그었던 자신의 손목을 성우가 만져본다.
그 손목에 채워진 금빛시계.
윤기가 나는 그 손목시계의 초침을 힘없는 눈길로 따라가는
성우.

성우   십… 구… 팔… 칠… 육… 오…

잠시 후
폭죽 소리가 갑자기 커진다.
폭죽 소리와 함께 울리는 제야의 종소리.

성우는 무심한 듯 다시 도시락 먹는 것에 집중한다.
성우가 갑자기 핸드폰을 꺼내 어딘가로 전화를 건다.
연결되지 않는 전화.
전화는 곧 음성사서함으로 넘어간다.
폴더를 확, 닫아버리는 성우.
다시 도시락 먹는 것에 집중.

다시 핸드폰을 꺼내 또 어딘가로 전화를 거는 성우.

성우 저… 강호동철인4종경기추진회 강호동 사장님이지죠?
아, 네. 밤늦게 정말 죄송합니다. 네, 죄송합니다. 급한
일이라서. 아, 인터넷에 번호가 있더라구요. 다름이 아
니라… 그, 박인영씨라구요, 거기서 일을 했었는데, 며
칠 연락이 안 돼서요. 혹시 왜 출근을 안 하는지 아시나
해서. 아니요. 친굽니다… 네?! 사표요? 왜 사표를 냈는
데요? 팔씨름하다가 책상을 뒤엎었다구요. 그게 넘어
갑니까, 책상이?… 여보세요? 여보세요?

끊어진 핸드폰.
성우 다시 어딘가로 전화를 건다.
역시 연결되지 않는 전화.
전화는 곧 음성사서함으로 넘어간다.

성우 돈까스랑 우동이랑 다시 사가지고 가도 될까. 다시 한

번 돈까스랑 우동이랑… 돈까스랑 우동이랑… 돈까스
랑 우동이랑. (울컥하는)

더욱 커져만 가는 폭죽 소리.

난간에 비스듬히 기대어져 있는 철제 사다리를 발견하는 성우.
성우는 사다리를 대림상공 건물과 강호동철인4종경기추진회
간판이 걸린 건물 사이에 잘 고정시키고 사다리 위로 올라선
다.

이내 성우는 강호동철인4종경기추진회 간판이 걸린 건물에
도착한다.

바닥에 나뒹구는 낡은 여름용 양산, 맥주 캔들.
성우는 쓰레기봉투를 발견한다.
쓰레기봉투를 뜯어보는 성우.

그 안에서 무지개 색 손가락장갑 한 켤레가 나온다.
손에 끼워보는 성우. 꼭 맞는다.
쓰레기봉투를 더 뒤져보는 성우. 작은 사진첩 하나를 빼낸다.
사진첩을 들쳐본다. 그 사진첩에는 신발을 들고 찍은 성우의
사진들이 들어있다.
사진을 보고, 자신의 신발을 내려다보고, 그렇게 여러 번 반
복하는 성우.

주머니에서 수건을 꺼내 더러워진 신발을 닦는다.

성우는 다시 쓰레기봉투를 뒤진다. 빈 맥주 캔들이 쏟아져 나온다.
찌그러진 맥주 캔 하나를 집어본다.
맥주 캔 표면에 네임펜으로 씌어 있는 작은 글씨들을 발견한다.
읽어보는 성우.
다른 맥주 캔들도 확인해보는 성우
그렇게 하나하나 확인해 간다.

성우　(빈 맥주 캔 표면에 씌어 있는 글자를 읽는) 사무국장과 다른 직원들이 나를 못 본 체한다.
(또 다른 맥주 캔의 글) 그저 하루 종일 책상만 지키고 있다.
(또 다른 맥주 캔) 사장이 팔씨름을 걸어온다. 이기지도 져주지도 않는 팔씨름. 어떻게 해야 하는 거지.
(또 다른 맥주 캔) 미아가 된 상황. 그렇다면 지금의 나하고 아주 잘 어울릴 것 같다.
(또 다른 맥주 캔) 내가 타는 커피를 아무도 마시지 않는다.
(또 다른 맥주 캔) 이야기를 나눌 친구도 없다. 아무도 없다.
(또 다른 맥주 캔) 혼자서 아무도 모르게 점심을 먹었다.

혼자라서 다행이다.

(또 다른 맥주 캔) 다른 사람에게 내 일이 맡겨졌다. 난 할 일이 없다.

(또 다른 맥주 캔) 내게도 환한 빛이 올까? 사치스런 생각이다.

(또 다른 맥주 캔) 회사를 그만두고 싶은데…그만 두면 뭘 하지? 내 나이 34살. 여기 그만두게 되면… 이제 자신이 없다.

(또 다른 맥주 캔) 마음 속 깊이 드리워진 이 터널의 어둠이 영원히 끝날 것 같지 않다. 어디로 가야 하지?

커피가 담겨 있는 1.5리터 음료수 병을 들어보는 성우.

병을 가슴에 꼭 껴안는다.

쓰레기봉투에서 다른 맥주 캔 하나를 집어 드는 성우.

글을 본다. 그 글은 그의 마음을 무척 괴롭게 하는 것 같다.

성우   말을 해야 알지, 말을 해야 알지, 이 바보 새끼야.

성우는 핸드폰을 꺼내 전화를 건다.

성우   여보세요. 강호동 사장님 되시죠. 좀 전에 전화 드렸던 사람인데요. (갑자기 울컥) 이 씨빨 새끼야. 이 씨빨 새끼야. 그렇게 힘 자랑 하고 싶냐. 딸 같은 사람한테 그렇게 힘 자랑 하고 싶냐. 니 딸이라고 한 번 생각해봐. 회사를 다니고 싶겠냐, 이 씨빨 새끼야. 이 씨발 새끼야.
니가 강호동이면 난 유재석이다, 이 씨발 새끼야. (전화
가 끊어졌는지) 여보세요. 여보세요.

터져 나오는 울음을 억누르지 못하는 성우.

성우는 무지개 장갑을 낀 손에 맥주 캔 하나를 꼭 쥐고
급히 옥상을 빠져나간다.

암전.

대학병원 옥상. 밤

1월 1일 새벽.
겨울바람이 불고 있다.
목발을 집고 난간에 기대어 있는 인영.
왔다 갔다 걷는 연습을 하고 있는 중이다.

핸드폰 진동음.
액정을 보곤 잠시 고민하는 인영.
하지만 받지 않는다.
인영은 그 대신 핸드폰을 뺨에 가져다 댄다. 온몸으로 느끼려
는 인영.
그 남자의 애타는 마음이 전달되어 오는 것 같다.

인영은 옥상 구석에 숨겨둔 맥주 캔 하나를 꺼내 마신다.
마시다가, 맥주에 네임펜으로 뭔가를 쓴다.

'그 변태가 보고 싶다. 보고 싶다, 보고 싶다, 보고 싶다' 이런 글.

맥주 캔에 글을 쓰고 있는데, 하늘에서 하얀 눈이 조금씩 내리기 시작한다.
하늘을 올려다보는 인영.

인영 (눈을 감고는) 떨어져라. 떨어져라. 내 콧등에 떨어져라. 떨어져라. (콧등에 눈 한 송이가 떨어졌는지…이내 눈을 뜨는) 아, 이런 느낌이네.

인영이 목에 걸고 있던 카메라로 눈이 내리기 시작한 도시의 야경을 찍는다.
그러다 병원용 슬리퍼를 신은 자신의 맨발을 찍는다.
인영은 슬리퍼를 벗어들고 슬리퍼와 함께 웃는 자신의 모습을 셀카로 찍는다.
허리에 통증이 오는지 잠시 얼굴 표정이 일그러지는 인영.
그래도 웃는 모습으로 찰칵 찰칵.

눈이 더욱 내리고 있다.

병원 옥상 문이 열리며 성우가 들어온다.

인영이 뒤돌아본다.

뒤에 성우가 서 있다.

성우는 도시락 가게에서 사온 돈까스랑 우동을 들고 있다.

성우   괜찮아?

인영   어.

성우   많이 아파?

인영   어.

성우   (인영이 마신듯 한 맥주 캔을 발견하곤) 술 마셔?

인영   어.

성우   지금 제 정신이야?

인영   아니.

성우   왜 전화 안 받았어. 내가 전화 몇 번이나 했는 줄 알아. 전화도 안 받고, 내가 문자를 몇 통이나 보냈는 줄 알아.

인영   …

성우   답장 문자 한 번은 해줄 수 있는 거 아냐.

인영   …

성우   아니, 왜 수술을 상의도 없이 자기 맘대로 해? 보톡스 맞는 건 그렇다 치고, 허리 디스크 수술은 수술 받아도 백프로 재발한다는 거 몰라? 그리고 수술비 반은 내가 내야 하는 거 아냐? 반은 내가 내는 게 맞잖아, 나한테도 책임이 있으니까.

인영   1주일 동안 화장실도 못가고 샤워도 못하고 몸에서 냄새가 나서, 수술하고 나면.

성우   지금 냄새가 나서 내 전화 안 받았다는 거야?

인영   어.

성우   (다시 어색한 침묵) 정말?

인영   어.

성우   … (당황) 아니, 이유가 있을 거 아니야? 갑자기 수술한 이유가 뭐야? 수술 안 하고도 오행자기력요법이나 척추 무중력 감압치료법도 있었잖아. 특히 척추 무중력 감압 치료법은 89프로의 성공률을 보이고 있다구. 그 치료법은 미국 항공우주국 나사에서 개발한 최첨단 방법이야. 환자 84명 중 5주 동안 총 18회 치료했더니 89프로가 디스크에서 벗어날 수 있었어. 내가 나사에 전화해 줄 수도 있었어. 디스크라는 게 완치되는 것도 아니고, 계속 관리를 해야 하는 건데, 관리만 잘 하면 수술 안 해도 되는 거잖아. 근데 왜 바보처럼 함부로 자기 몸에 칼을 대게 해? 자기 몸에 칼 대는 게 좋아? 도대체 이유가 뭐야?

인영   너하고 섹스하고 싶어서.

성우   …

인영   너랑 마음껏 섹스하고 싶어서. 마음껏 연애하고 싶어서. 빨리 나아서 차성우씨랑 매일 매일 섹스하고 싶어서.

성우   (울컥)

사이.

인영   많이 공부했네, 디스크에 대해서.

성우   그래, 공부 좀 했다. 공부하느라 잠 못 자서 눈 빨개진 거 봐.

인영   (보는) 눈 빨개, 많이.

성우   (주머니에서 찌그러진 맥주 캔 하나를 꺼내 읽는) 14년 전 밥 친구를 만났다. 다시 밥 친구가 될 수 있을까.

인영   쓰레기봉투 열어봤어?

성우   어.

인영   변태.

성우   우리… 다시 밥 친구 할래?

인영   …

성우   재수학원 다녔던 때처럼. 니가 나한테 밥? (물음표), 하고 문자 보내면 내가 밥! (느낌표) 이렇게 답장 보내고.

인영   …

성우   밥 친구 다시 하고 싶어.

인영   언제까지?

성우   영원히.

인영   (웃음을 참지 못하는)

성우   왜 웃어?

인영   친구끼리 영원히는.

성우   (점차 그녀의 웃음에 전염돼 따라 웃는)

인영   왜 따라 웃어?

성우   아픈 모습도 여고생 같아서.

두 사람 웃는다.
성우는 자신의 신발을 벗어들고 자신의 얼굴 가까이 가져다
댄다.

성우   사진 좀 찍어줘. 이토록 애절하게 밥친구를 찾아서 달
           려온 이 신발과 함께 기념사진.
인영   (카메라를 들고) 자, 포즈 잡구요, 하나… 둘… 셋… (찰칵)

점점 가까이 다가가면 사진기 셔터를 누르는 인영.
하얀 눈이 두 사람의 머리 위로 점점 쌓여간다.

막.

한국 희곡 명작선 22

사랑이 보일 때까지 옥상 위에서 널 기다릴게

마냥 씩씩한 로맨스
Fully Energetical Romance

초판 1쇄 인쇄일   2019년 1월 16일
초판 1쇄 발행일   2019년 1월 25일

지 은 이   최원종
만 든 이   이정옥
만 든 곳   평민사
           서울시 은평구 수색로 340 [202호]
           전화: (02) 375-8571(代)
           팩스: (02) 375-8573
           http://blog.naver.com/pyung1976
           이메일 pyung1976@naver.com
등록번호   제251-2015-000102호
 정 가   6,000원

※ 이 책은 사단법인 한국극작가협회가 한국문화예술위
   2019년 제2회 극작엑스포 지원금을 받아 출간하였습니다.